KB197069

♀♀

이소회

2018년 『부산일보』 신춘문예를 통해 시인으로 등단했다.
시집 『오오』를 썼다.
경희대학교 대학원 국어국문학과를 졸업했다.
현재 동아대학교 기초교양대학에 재직 중이다.

파란시선 0152 **오오**

1판 1쇄 펴낸날 2024년 11월 30일
지은이 이소회
인쇄인 (주)두경 정지오
디자인 이다경
펴낸이 채상우
펴낸곳 (주)함께하는출판그룹파란
등록번호 제2015-000068호
등록일자 2015년 9월 15일
주소 (10387) 경기도 고양시 일산서구 중앙로 1455 대우시티프라자 B1 202-1호
전화 031-919-4288
팩스 031-919-4287
모바일팩스 0504-441-3439
이메일 bookparan2015@hanmail.net

ⓒ이소회, 2024, printed in Seoul, Korea

ISBN 979-11-91897-91-3 03810

값 12,000원

오오

이소회 시집

시인의 말

꽃잎 모두 흘러내리고
일제히 문 닫은 튤립 화단
소란하던 사람들 모두 떠난 자리
빽빽한 꽃대의 방향성으로 섰습니다.

이 작은 시간이 문을 닫으면
균형은 구근 쪽으로 고일 것입니다.

차례

시인의 말

해설

제1부

눈뜬 돌

어제로부터 오는 비

절집 툇마루 세상 경계에 앉다

소원탑 무리 오랜 내일로 서다

아스라한 균형, 살아 있는

꼭대기 하나 까닥, 까닥,

방금 새로 놓인 돌

작은 심장
노란 깃털
비를 입고
앉은,
딱새

물구나무새 호흡법

금 하나 내지 않고 하늘 깊이 다이빙하는 새

날개는 접은 채

나뭇가지에 거꾸로 매달려 열매 따 먹는 새

잎이 피는 때,
꽃이 지는 때, 흐르는 숨소리
흐르는 균형

영하 십구 도, 이십 도
바람도 없이 팽팽한 우듬지
중력 끌어안으며 새들 내려앉는다 휘청
나무뿌리가 흔들린다

날개날개날개날개날개 떼, 눈 깜짝할 새 휘몰아치고 가는
바람
숲의 뿌리가 흔들린다

—

잡식성 식물

내가 아는 지상 가장 높은 곳
상한 우유를 들고 주인집 옥상에 올랐다
깊은 밤 안에는 푸른 화분들
뿌리 가까이 우유를 부어 주었다
검은 흙이 하얗게 부글거리다 이내 가라앉는다
주인이 박아 둔 달걀 껍데기를 식물들은 몇 달째 먹고 있다

우유를 흩뿌린 것 같은 은하수를 한 번 더 보고 싶었다
젖을 먹고 자란 것들은 고향이 생겨서
그쪽으로 목이 꺾인다

길에서 주운 새를 나무 아래 묻어 준 적 있다
이듬해 가지마다 날개가 돋고
너무 많은 새가 열려 나무가 떠오르는 날도 있었다

반지하방 짤막한 하늘이 뜨는 시간
더듬이를 기억하는 다육이 창으로 바짝 붙는다
발목이 불러 주는 구름 노래 붉은 사과 속 우물이 깊고
자작나무 숲 짙어지면 가만가만
푸른 나무늘보 돌아난다

늑대들

一   2층 구석 날치 떼 날갯짓 소리
  불을 켜면 은빛 물고기 숨이 가쁘네, 그들은 목이 말라 늘 목이 말라
  어둠 속 노랑노랑 눈알들 내 은밀한 지도
  불을 켜면 까만 염소들 아직 졸립네
  3층은 멋진 유럽식 서재 염소들 자근자근 책 뜯어 먹네, 그들은 심심해 늘 심심해

  아, 그리고 푸른 잿빛 늑대
  도시의 저문 밤 잘생긴 그 얼굴이 순하게 나를 따라왔지
  날치에게 물 주고 염소들 내버려두고 우편물을 받는 동안
  내내 얌전히 뒤를 따르는 늑대는 나를 물어뜯기도 하지
  피 흘리는 밤 지나면 소금물 농도를 맞추고 남은 책을 계산하고 창들을 닦네

  날치 떼 어느 날 바다로 가고 염소들 책을 다 먹고 잠들면
  늑대와 함께 나는 집을 떠나네
  캄캄한 들 지나다 배고픈 늑대는 염소 잡아먹고
  납빛 해변 걷다가 배고픈 늑대는 날치 잡아먹고
  나는 얌전히 늑대를 따르다 늑대를 조금씩 뜯어 먹기도 하

지 피 흘리는 밤마다 눈빛이 살아나는 늑대, 나는 배가 고파
늘 배가 고파

　늑대 가죽을 뒤집어쓰네
　펄떡이는 눈동자 굶주린 늑대 외롭게 도시를 떠돌다
　어둔 밤 누군가를 순순히 따라가네

　늑대 안에 늑대 안에는 늑대들,

On board

—
올라탄 것이 무엇인지 모를 때가 많다. 도대체 고삐만 보일 때도 있다. 바위인 것 같지만 범인 것도 같다. 이것은 언제나 살아 있다. 골몰에 빠져 혹은 망연에 빠져 초점을 흐릴 때 이것은 이것의 마음으로 요동치기도 한다. 아차, 하는 순간도 없이 내동댕이쳐진다. 출렁이는 뇌수.

이것의 마음을 놓쳤다.

이것의 마음과 내 마음이 하나일 때면, 진동하는 땅 위에서 짧게 전율을 느낄 수 있다. 이 나무에서 저 나무로 걸린 거미줄. 거미가 바람을 타고 가던 전율이다. 없지만 있는 길이 풍경을 갈랐다 붙였다 한다. 벌써 목덜미도 머리도 없는 찰나의 전율 빛난다.

나를 태웠던 이것은 멀리 달아나지도 않고 측은해하는 듯, 혹은 기다리는 듯, 야속하게 나를 내려다본다. 어째 세상은 나를, 미워서 팽개치는 것이 아닌가. 뻐근한 꼬리뼈를 마음으로 눌러두고 뇌수가 잔잔해지길 기다린다.

—
대지를 흐르는 낙엽들, 헛되지 않다. 고체가 되는 순간, 다

시 일어설 것. 멈춘 계절은 없다. 고요하거나 격하게 요동
칠 뿐. 내 몸과 마음이라는 하나와 둘, 그리고 이것의 몸과
마음에 얹혀 그때의 균형을 가늠해 보는 것이다.

*이것의 마음과 내 마음이 하나일 때면, 진동하는 땅 위에서 짧게 전율을
느낄 수 있다; 벌써 목덜미도 머리도 없는 찰나의 전율 빛난다: 프란츠 카
프카, 「인디언이 되고 싶은 마음」의 일부를 빌려 오고 변형해서 균형을
맞춤.

오금이 걷다

식물가게 옆 신발가게
푸릇푸릇 여름 샌들 늘어서 있다

발가락 끼우는 싸구려 샌들이 신고 싶었어
푸른 화분 팔에 끼고
오금이 다 드러나는 짧은 팬츠를 입고
바닥을 딱, 딱, 쳐 대는 가볍고 가벼운 걸음을

맨 발가락 생채기가 빤한 신
껌을 씹듯 얇게 바닥을 치며 걸으면
팔이며, 어느새 오금까지 저려 오겠지

그렇게 나는 약점을 보이는 거야
신은 오만이 웃자라지 않도록 오금을 준 거야

너는 내 식물과 오금을 염려하지만
언제나 염두에 두고 있지

너를 위해 나는 돌부리에 걸려 고꾸라지기도 하지
무릎이 깨진 날은 체증이 내려간 듯

오장육부 다 토해 낸 화분을 쓸어 담고

더 자랄 것도 없이 푸른 잎을 휘날리며
가벼운 신을 딱, 딱, 치며

홀수들

1보다는 2가 좋아 2보다는 4가 더 좋지 하지만 홀수가 좋아 어딘지 뾰족하고 서럽잖아 모퉁이를 후다닥 돌아가는 건 아무래도 홀수 먼지 쌓인 구석 가느다란 눈을 빛내는 건 언제나 홀수 하나가 남아 삐거덕거리고 투덜대는 어느 날 길을 헤매다 보면 어김없이 빈자리가 있는 곳 구멍이 나서 바람이 드나드는 곳

1이 둘 만나면 2가 되지 멋진 일이야 단단한 숫자 2가 둘 만나면 4가 되지 굉장한 숫자 단단하고 완전한 것들은 부서지기 쉬워서 좋아 홀수끼리 모여서 홀수들을 기다려 안 되면 짝수들을 기다려 그래 봐야 다시 홀수지만 어쩔 수 없이 기다릴 줄 알아서 좋아 때로는 빈 채로 아무것도 기다리지 않아도 되어서 그래서 홀수가 좋아

오오

당신과 나란한 순간이 있지

덜컹이는 버스 경쾌하게 달리는 음악 속에서 우리

영화관 스크린 속으로 빨려 들어가는 우리 깜깜 사라질 때까지

오오

지구처럼 작은 공이 네트를 출렁일 때 어깨 걸고 오오 뛰는

오오

뜨듯한 국밥 속으로 홀홀 빠져드는 눈송이처럼 서로 쳐다볼

새도 없이

하나의 우산 속을 걸을 때

머리를 한껏 젖히고 별을 볼 때

순간만 있지

내 오른쪽이 젖을 때 당신 왼쪽이 젖듯

영영 사라져 버리지 않는다면

나는 오리온으로 당신은 큰곰으로

가장 완벽히 당신과 나란한 순간

긴 어긋남을 돌아와 시간의 눈을 가리고

사진 속에 고요할 때 우리

바로 그때,

오 오

반지하방의 데리다

—

　친구의 남자가 찾아온 날
　막다른 골목 서성이다 돌아온 밤 10시
　창백한 바닥엔 주인 없는 음모들
　곰팡이꽃 들뜬 벽은 아무 말 없고
　책꽂이엔 데리다가 뽑혀 나가고 없었다
　동대문 헌책방 계절 없는 골목골목 기웃거렸다
　변증법이니 해석, 해체를 봉지에 딜렁이며 반지하로 기어
들었다
　왜 주인 허락도 없이 책을 빌려줬냐고, 친구에게 소리
　지르지 못하고 꾸깃꾸깃 쪽지를 썼다
　미안하다는 답장과 함께 리본 핀이 내밀어졌고
　어두운 방은 다시 묘한 음모에 휩싸였다
　데리다가 읽히지도 않은 채 돌아온 날
　욕실 빨래통엔 친구의 팬티 하나가 들어와 있었다
　불은 라면 찌꺼기는 데리다의 이마에 들러붙어 있었다
　더 이상은 못 참겠다,고 나도 참을 만큼 참았다,고 소리
소리
　질렀다 반지하방은 조각조각 부서지며 지층으로 쌓였다
　나는 밀려, 올라갔다

—

그럴 줄 알았다는 듯 무심한 데리다의 낡은 눈빛

옥탑방에서 고층 아파트에서 내 지질한 삶을 분석만 하고
해석만 하고

해체를 못 하는 것은 모두

너무 두터워진 지층 때문이다

견고해진 발밑 때문이다 결국

읽지 못한 반지하방의 데리다 때문이다

저녁이 멀다

—

　양배추 시든 껍질을 벗긴다. 속잎에 검은 반점들이 있다. 칼로 도려내고 한 겹 벗긴다. 또 검은 점들이 있다. 반복한다. 점들은 겉부터 시들어 가고 있다는 표식이 아니었던가. 반복에 반복을 더해도 반점의 등장은 끝이 없다. 양배추는 양파처럼 단순하지 않다. 길들은 구불거리고 나는 헤맨다. 허방을 짚다가 다시 점들을 발견한다. 쫓다 놓치다 뒤지다 어질머리. 이것은 양배추의 본질이다. 어느 작가는 양배추 사러 가는 길을 작품으로 만들었다. 양배추에 이르는 길들을 통과하고 실패하며 깊숙이 스케치하기. 그것은 양배추의 본질이 아니다. 양배추를 향한 산책이나 순례다. 양배추의 환경이다. 이 행위는 그것과 다르다. 양배추 내부로 향한다. 양배추의 내부는 양배추이지만 본질로 다가갈수록 물질적 크기는 작아지고 관념의 크기는 커진다. 리얼리즘은 무너지고 부엌은 거대한 양배추로 가득 찬다. 부엌은 양배추에게 빼놓을 수 없는 조건이다. 양배추를 사러 가는 길도 마찬가지다. 양배추의 내부적 환경과 외부적 환경은 양배추의 본질에 완전히 필요한 조건들이다. 양배추는 양파가 아니기 때문에 눈물로 생각을 가리지 않는다. 생각은 진행된다. 양배추가 나의 본질에 대해 뭐라 생각할지 알수 없지만 양배추가 신파가 아닌 점은 매우 만족스럽다.

—

신파가 아닌 것들은 우리를 충분히 밀고 나갈 수 있게 한다. 양배추는 이런 방식으로 내 안에 길을 낸다. 양배추 의도대로 끌려가는 건지도 모른다. 확실한 것은 여기 있는 양배추 한 통. 처음엔 제법 둥근 모양이었다. 지금은 수많은 길을 풀어헤치며 한껏 꼬아 놓았다. (어쩌면 나는 양배추의 본질에서 벗어나고 있다.) 누군가 폭발한 부엌을 보며 소리 지르기 전까지 나는 길을 헤맨다. 오늘 저녁은 글렀다는 뜻이다. (그러나 아무도 오지 않을지도 모른다.)

노크

철 지난 일간지에 있을 법한 관광지 끝자락, 불야성도 북적임도 멀어진 작은 해변이다 드문드문 카페나 낚시용품점 딸린 슈퍼, 낚싯배와 어구들, 마지막에 만나는 조그마한 호텔이다 며칠째 기다리고 있다 방은 한쪽이 바다니까 무엇이 되었든 하루 이틀 탐색한다 주인만 있는 식당에 앉아 식사를 한다 달그락거리는 숟가락 공허하고 근사하게 창으로 비치는 얼굴

옛 철길 가로질러 밭고랑 타고 숨은 해변을 찾는다 밭으로 다니지 말라는 목소리 멀리서 쩡하다 기차가 끊어진 길 악다구니는 살아 있다 해변은 혼자 앉아도 꽉 찬다 돌멩이 몇 개 소리 없이 던진다 호텔 로비에는 똑같은 사람, 밖에 바람이 차네요, 그렇죠 겨울 바다니까요, 세상없는 웃음을 상투적으로 던진다 모두 농담이다 느린 시간이 계단을 오른다 카펫이 깔린 호텔은 발소리를 삼키며 잠시 부푼다 큰 해변 쪽 번쩍이는 불빛들, 불 내음, 출발하는 유람선, 기시감으로 번지는 웃음소리, 술잔 부딪는 소리

아침부터 매캐하다 문득 새로 묘한 웅성거림 공기가 들떠 있다 주말의 냄새, 식당에 사람들이 온 게다 프라이팬에서

26

공기까지 달구어지고 있다 방을 성큼성큼 걷는다 세수를
한다 콧노래가 나온다 갑자기, 똑똑, 침착하게 문 두드리는
소리, 똑똑똑……, 재촉하는 벨 소리, 수건에 얼굴을 재빨
리 비비며 생각한다, 여행 중이었던가, 도망 중이었던가,

민들레의 바깥

다디단 꿀 한 모금 마실 때
벌 한 마리가 오간 수천의 길을 삼킨 것이다
수만의 날갯짓을 들은 것이다

언덕 위 교회당 종소리
한 방울, 한 방울의 소리로 들판 민들레 핀다
벌들은 그 길을 몸에 새긴다

오래 빛나는 꽃은 꽃부리 바깥에 있다
가장 가난한 꽃은 밖으로만 핀다

민들레 씨앗 흩어지는 하늘을 보았다면
덜컥, 다음 생을 본 것이다

그는, 그의 바깥에 있다

제2부

봄 눈사람

사월에 내리는 눈, 그게 바로 눈의 뿌리야

샛노란 꽃들을 눈이 감쌀 때 아이들이 그 아래서 눈사람을 굴리고

눈사람은 굴러굴러 다음 계절을 가는 거야

첫눈이 온다고 팔짝 뛸 때, 바로 그때 눈사람이 도착한 게지

조심해! 눈사람을 꼭꼭 눌러두지 않으면 눈물이 쏟아질 테니

개나리꽃 함께 황금 눈을 쏟고 말 테니

메리고라운드

一

한쪽 문으로 들어가면 다른 문으로 나와요
메리고라운드 빙글빙글 돌아서
그늘 쪽으로 들어갔는데 햇살로 나와요
자동차 소리 뒤로하고 까마귀 떼 소리로 나와요
메리고라운드 빙글빙글 돌아서
할아버지가 들어갔는데 우리 집 깜순이가 뛰쳐나와요
고모가 들어갔는데 선인장꽃이 문을 부술 듯이 튀어나와요
메리고라운드 빙글빙글 돌아서
입구는 언제나 출구로 이어져요
출구는 보이지 않지만
빙글빙글 돌아요
출구는 언제나 피어나요
들어갈 때 열었던 문은 다른 문으로 열려요
도대체 문이 몇 개인지 알 수 없어요
메리고라운드 빙글빙글 돌아서
빙글빙글 돌아서

당신이 나가 버린 문이 소리 없이 사라져요

一

꽃잎

푸른 트럭 지나간다
분홍, 분홍, 연분홍, 돼지들 싣고

진흙 한 점 없는 보오얀 등에, 붉은 도장
코를 모아 서로 향기 맡는다
유명(幽明)의 경계에 부신 향 진동한다

온몸이 통으로 꽃인, 온 생이 통으로 꽃인
꽃들 지러 간다

아니고 아니고 아니다 아니다
꽃은 염불이 되고

벚꽃 지는 날
아스팔트 하얗게 뒤덮는 꽃잎들 모두 어디로 가니

없는 몸이 부풀어 오르는

—

　이팝꽃 지는 시간, 푸지게 배부른 꿈이 낱낱이 떨어질 때 흩어지는 꽃잎을 본 적 있니 밥알 같은 눈물방울 같은 알 알이 아니라 다리 같단다 작은 새의 다리 말이야

　가느단 발목 발가락들이 지상에 내려앉은 거지 박물관에서 오래된 금제 새 다리를 본 적 있어 쬐그만 두 쪽 다리만 남아 쌓이는 시간을 내내 받치고 섰는데,

　몸체는 어땠을까 날개만 남긴 새를 봤을 때, 그걸 새라고 해야 할까 그냥 날개라고 할까

　남은 것들은 가 버린 것을 그려 보게 하지 빈집을 둘러보면 살던 사람들 보폭이 보이고 아이들 얼굴 가만 들여다보면 멀리 떠나간 그 아버지가 보이는 것처럼

　너의 보드라운 몸뚱이는 얼마나 가벼운지 바닥에 그득한 하얀 다리들 누렇게 바래 갈 때 네 몸은 푸르게 푸르게 하늘 향해 부풀겠지, 처처에 없지만 꽉 찬, 몸들

—

연쇄 추돌

 쏟아지는, TV, 물소리, 설거지, 악다구니, 와그락, 그릇
사이, 희부옇게 그날이 솟아오르겠지, 터질 듯 말 듯 아슬
아슬 경계 타는 말을 보며, 그냥 터져 버리는 편이 낫겠어,
돌아오는 길 터져 버린 건 나, 갑작스레 방향 틀면 대체로
엎어지는 거, 알겠지만, 우리 다리는 두 개라서, 늘 이쪽과
저쪽으로 걸려, 내 다리가 건 남의 다리, 생전 처음 보는,
그게 정말 남의 다리인지 구분할 수 없다는 거, 그 다리는
다시 다른 다리를 걸고, 또 멀리 가족이나 친구의 다리까
지, 줄줄이 걸어 넘어뜨리는데, 마침 난장판 위로 내리는
비, 한 방울씩이 아니라 그물 조직이라는 거, 구름 조직에
서 거미줄 같은 그물, 내리듯, 현장을 온통 감싸고 마는 빗
줄기, 여기, 두 개의 다리, 내 것이 아닌지도 모르지, 그날
엉킨 다리 중 하나인 건지, 자주 내가 잘못 디디는 이유,
개수대 속으로 물의 그물 흘러가고, 물길 따라가면 얼마나
많은 다리들, 강과 바다를 떠다닐지 말이야, 또박, 또박, 건
조대, 물, 떨어지는, 딸깍, TV, 꺼지는, 소리,

 하얀 침묵을 걸어 다니는 비릿한 말들,

물고기 살해자

내가 죽인 무수한 것들 떠오른다 틀렸어
흘려보낸 것들, 둥, 둥, 둥, 둥,
발이 자꾸 땅에 닿지 않는다

아이 같은 당신들이 자주 아파 드나들었다
바람 빠진 얼굴 따라 집 안 공기가 오그라들었다
다 큰 남자아이는 더러 집을 비웠다

엔젤피쉬가 죽었다

여자아이가 고열에 시달리며 학교를 쉬었다
끙끙 앓는 소리가 계속 창에 부딪히는 파리 소리 같았다
작은 여자아이의 수다는 점점 질겨졌다
책상 위에는 짝 없는 양말들이 부어오르고 있었다
닥치고 밥을 지었다

(누가 죽였을까)

이상한 아이들은 영원히 밥 먹고, 영원히 뜀뛰고, 영원히
얼굴을 갈아 끼운다

'이상한'은 생활 밀착형 도구, 무시무시한 현실
보이지 않는 적의 이마를 석궁으로 쏘아 맞히는 일이다

보이는 적조차 꿰뚫을 수 없었다 도처에
굶어 죽은 가엾은 영혼은
피쉬를 벗고 엔젤이 되었을 것이다

어항을 비우고 허공에 돌을 매단다
캄캄한 이불 속에 비린 감기를 눕힌다

이것은 지독한 판타지다

*이상한 아이들은 영원히 밥 먹고, 영원히 뜀뛰고, 영원히 얼굴을 갈아
끼운다; 보이지 않는 적의 이마를 석궁으로 쏘아 맞히는 일이다: 팀 버
튼, 「미스 페레그린과 이상한 아이들의 집」 참고.

중층육면체 무한연속구조

벽에는 수많은 구멍이 있다 눈을 혼란스럽게 하는 셀 수 없는 작은 구멍들이 소리를 집어삼키는 중이다 표정이 없는 것들은 두렵다 ◻ 입구에 있는 선량한 남자가 아무리 좋은 웃음을 지어도 방은 나를 붙잡고 소리를 지우고 있다 대신 왱— 웽— 하는 지속적인 기계음을 들려준다 지구가 회전하는 소리가 그럴 것이다 ◻ 소리는 방이 침묵으로 가득 차 있다는 걸 더욱 상기시킨다 건넛방도 사정이 같은지 간혹 작은 몸부림이 전해진다 그 소리도 이내 사라진다 ◻ 나는 갇혀 있는 것이 아니다 문을 열고 나갈 수 있고 식량을 구해 올 수 있다 정기적이진 않지만 일을 하기도 한다 연말이 되면 몇몇 친구들을 만날 수도 있다 나는 방을 매일 그리워한다 다시 돌아온다 ◻ 때로 소리를 집어삼키는 구멍들을 노려본다 구멍 하나를 노려볼라치면 다른 구멍들이 떼로 덤벼든다 혼미해 쓰러지곤 한다 ◻◻ 나는 나가고 싶지 않다고 생각하지만 언제나 나가 버리고 말 것이라고도 믿는다 못 들어와 안달인 사람도 있고 못 나가서 초조한 사람도 있지만 이곳이 사라진 적은 없다 순환 열차처럼 다시 돌아온다 반복되는 탈출과 구원과 구속과 회귀는 벽에 난 구멍처럼 셀 수가 없다 ◻ 무수한 반대의 시도들이 벽에 구멍을 내는 걸까 구멍을 기다렸다가 ◻ 나는 소리를 집어넣고 있는지도 모른다 ◻ 구멍은 벽에 금을 내기는커녕 더 유연하고 견고한 벽을 만든다 아무리 많아도 구멍은 지나치게 작고 여섯 개 벽은 지나치게 거대하다 벽들의 조합은 또 다른 벽들의 조합들과 나란하여 지치도록 끝이 없다 □□□□ 엄청난 구조의 단순함을 알 때쯤이면 나는 영원히 돌아오지 않아도 될 터이고 아마 영원히 돌아올 수 없을 것이다 □

눈먼 동굴 물고기

一
모래 날리는 들판을 걷고 있었다
근처에 분명 소도시가 있다 기적 소리를 들었다고 자욱한
저쪽이 외쳤다
일제히 소리를 따라 달렸다 날이 다시 어두워지고 있었다
붉은 모래가 걷히자 커다란 수족관 건물이 나타났다
크고 작은 수조가 끝없이 부글거렸다 도시의 물은 모두
거기 있었다
유리관 터널을 지날 때 벌린 양팔보다 큰 가오리,
하얀 입을 열고 내 꿈을 덮칠 듯 날아왔다

쫓기며 터널을 빠져나왔다 숨을 고르고 있는 나를 보는 눈
깊은 정적
꿈속의 꿈
나를 보는 것이 아니었다

Blind cave fish

어둠 가득한 바닥에서 봐야 할 것은 없었다
드물게 오는 먹이를 포착하는
감각은 예민하게, 고통의 촉수는 무디게

너는 부딪히지도 않고 유영한다

나를 쫓는

불면의 눈

투명한 수조 벽은 미로처럼 이어진다

꿈의 모퉁이를 돌고 돌아도 마실 물은 없다

수족관 밖에는 마른 빌딩들 눈앞을 가린다 너머가 보이
지 않는다

어디선가 기적 소리 들린다 그때,

빌딩 사이로 재빠르게 사라지는,

내 꼬리지느러미

*Blind cave fish: 멕시코 부근 서식. 생후 3, 4개월 무렵 눈이 퇴화되어
더 이상 볼 수 없게 된다. 활동성이 강하며 능숙하게 먹이를 포착한다.

모감주 씨앗

—　지난밤은 사라지지 않았어 새로 아침이 되었다 해도
　투명한 병에 담아 둔 까만 씨앗들 속에 얼마나 많은 낮과 밤이 있는지 말이야
　뚜껑을 꼭꼭 잠가 놓지 않으면 아침 책상 위에 무슨 일이 생길지 아무도 몰라
　씨앗을 손안에서 굴리다 엎드려 잠든 밤
　책상에는 커다란 모감주나무가 자라나고
　나는 도토리 꼭지를 쓴 채 모감주 주머니 속에 잠들어 있을 테지
　황금꽃이 내려앉은 펜은 마음대로 달려서 방문에 자물쇠를 그려 놓고
　아무런 노크도 받아 주지 않을 거야
　천 번을 두드려서 당신 손가락에 상처가 나면
　상처에서 샛노란 모감주꽃이 필 거야
　꽃 핀 손이 자물쇠를 따고 씨주머니 속 나를 꺼내
　투명한 유리병에 넣어 줘
　뚜껑을 꼭꼭 잠그지 않으면
　아침 책상에 무슨 일을 벌일지 아무도 몰라

—　기어이 그랬구나, 지나간 것은 모두 사라진 것이 아니어서

이른 아침 책상에는 폭설이 쏟아졌구나

안녕, 오늘

아침은 급하게 부푸는 거품
후다닥 변기에게 인사하고 집을 나선다
집은 언제나 자리를 옮겨서
대문 밖 지금의 풍경에게도 인사를
직장도 슬그니 달아나곤 해
어떤 날은 길에서 하루를 보내기도 하지
길바닥은 다시 나를 알아보고
꽤 친구가 된 것같이 바람을 불어 보내고
나는 그냥 가로수
낙엽이 지고
나는 그냥 벤치
비가 내리고
나는 비 맞는 우산
투두둑 집을 찾아간다
골목은 구불구불 간지럽히고
언덕길은 나를 자꾸 올려 준다
오늘은 멀리 가지 않은 집이 고마워
대문에게 인사하고 부르르 몸을 턴다
현관께 곱게 접힌 우산
흥건한 바닥 딛고

길고양이처럼 실눈 뜨는 저녁
찌개가 끓으면 가릉가릉 깊어 간다
침묵으로 노래하는 밤의 등에 업히면
꿈이 설핏 열리고, 그때를 놓칠세라
안녕, 오늘
다시 만날 수 없는 것들에게 인사한다

적막을 업고

一　일주일 비웠던 집을 열었다
　재빠르게 사라지는 적막의 끄트머리
　벽으로 순식간에 스미는 그림자가 있다

　그 오랜 집의 적막은 칠십 년 만에 모습을 드러내었지
　처음 만난 거대함은 가히 상대가 어려워

　적막의 아가리에 나를 밀어 넣는다

　로사,
　동백이나 도화 같은 이름, 로사의 긴 굴 같은 집
　현관을 들어서면 게스트 룸, 복도를 따라 다음 방과 부엌,
그리고 거실로 이어지던 집
　TV는 여전히 켜 둔 채로,
　로사는 유령처럼 걸어 집 끝에 있는 테라스로 가곤 했지
　흔들의자에 앉아 길 가는 사람에게 손을 흔들어
　좁고 굽은 등에서 꽃잎처럼 나온 팔이 '올라(Hola)'
　그곳은 적막의 집에 뚫린 작은 참호

—　나의 언어를 모르는 로사에게, 써 둔 편지

로사의 기다란 집에 나는 또 하나의 빼곡한 적막을 덧대었겠지

TV 소리 공허하게 커질 때
적막은 스멀스멀 벽에서 나온다

창밖을 향한 고양이의 굽은 등에는
집 크기만큼의 적막이 올라타고 있다

율가(栗家)

一
　갓 삶은 뜨끈한 밤을 큰 칼로 딱, 갈랐을 때
　거기 내가 누워 있는 줄 알고 소스라치게 놀랐다
　　　벌레가 처음 들어간 문, 언제나 처음은 쉽게 열리는
　　　작은 씨방 작은 알 연한 꿈처럼 함께 자랐네
　통통하니 쭈글거리며 게을러지도록 얼마나 부지런히 밥과
집을 닮아 갔는지
　참 잘 익은 밤

　딸과 딸과 딸이 둘러앉아 끝없이 밤을 파먹을 때마다
　빈 껍질 쌓이고 허공이 차오르고 닫힌 문이 생겨났다
　말랑한 생활은 솜털 막을 두르고 다시 단단한 문을 여미
었다
　강철 같은 가시는 좀도둑도 막아 주었다
　　　단단한 씨방 덜컹덜컹 뜨거워지는데
　　　온 집을 두드려도 출구가 없네
　달콤한 나의 집, 차오른 허공이 다시 밤으로 채워질 때,
혹은 연탄가스로 뭉실뭉실 채워질 때
　죽음은 알밤처럼 완성된다

二
　죽음은 원래가 씨앗이기 때문이다

제3부

부푸는 등굣길

느티나무 아래 아이가 지나간다
꽃샘바람에
느티나무 부지런히 흔들리며 색을 길어 올리고

빨간 가방을 멘 일 학년 아이
혼자
타박타박 학교에 간다

아침 햇살 아직 여리고
느티나무는 짐짓 모른 체하고
시곗바늘처럼 줄넘기 빙빙 돌리다가
두리번 살피다가 멈칫 섰다가
다시 간다

자그마한 자기 가방을 지고
무장무장 부푸는 느티나무 아래
단풍 들고 낙엽 질 때까지
또박, 또박, 걸어간다

수야리, 여름의 집

—

　까막눈이었지만 할머니는 읍내서 수야 오는 버스를 한 번도 틀린 적 없다 할머니가 만든 떡밥이면 수야못에서 새우가 한 소쿠리다 할머니 징거미새우국은 아무리 더워도 시원하다

　누가 나를 업어 가더란 소리에 할머니는 밭에서 호미를 든 채 달려왔다 나는 툇마루에 앉아 까딱거리고 방바닥에 뒹굴고 감나무 올려다보고, 밭으로 돌아가서 할머니는 눈이 삔 남지 아지매와 한판 떴다

　선주 언니하고 대청마루서 노는데 스님이 와서 목탁을 쳤다 나는 뒤주를 열어 쌀을 바가지 가득 담았다 할머니 말로 얼라들만 있는 집이었다 저녁에 온 할머니는 땡중을 두고 대문 밖까지 욕을 했다

　저녁상을 물리고 수박도 물리고 정지 소제까지 다 끝나야 겨우 해가 진다 평상에 누우면 할아버지는 모깃불을 피운다 매캐한 연기 사이로 새우 눈알처럼 하늘못에 별들이 돋아난다 손가락 끝이 간질거린다

—

*정지: '부엌'의 경상도 방언.

수야리, 겨울의 집

맵찬 날이면 걸음이 오른쪽으로 더 기우는데도 할아버지 아침 비질은 어김없다 잠결에 파도 소리가 인다 부스스 까치집 머리를 하고 섬돌에 서면 마당에는 벌써 잔물결 바다가 펼쳐 있다

수야못이 꽝꽝 얼면 동네 아이들은 누구 하나 빠지지 않고 썰매를 들고 나섰다 할아버지가 만든 썰매면 나는 못에 가장 늦게까지 남아 있는 아이가 된다 밥때가 가까워지면 할아버지 걸음이 저만치서 보였다

사랑방 아궁이 앞에서 할아버지 얼굴은 커졌다 작아졌다 희었다 붉었다 큰 솥에서는 뜨거운 김을 뿜으며 소죽이 끓었다 나는 이불을 들쓰고 누워 고구마 다 됐다고 부르는 할아버지 소리를 기다렸다

벌써 어둡고 잠은 안 오는 저녁 아랫목에 누우면 할아버지는 할머니에게 이야기를 해 준다 "옛날에 고려장이라는 기 있었거든. 고려장이 먼고 하믄……" 할머니는 순한 아이처럼 "음, 음," 어느새 꿈에는 나비 두 마리 난다 무게도 없이 손끝에 앉는다

사력

―

　여름이믄 자전차 뒤에 얹히가 수야못에 갔거든 그날은 머리꼭지가 타드 가는 날이었다 못에 와가 거 풀숲 샛길로 쑥 드가든 삼춘이 불판 우에 괴기처럼 튀 오르대 "독새다!" 뱀이 지도 놀래가 죽을힘을 다한기라 오는 질에 자전차가 어찌 요동을 치든지 "여서부터 니 혼자 올 수 있제" 당나무 밑에 내를 내라놓고 독 품은 뱀맨치로 미끄라져 가대 종아리 끄나풀이 먼 데 깃발매로 나부대고

　마당에 들어서이 매캐한기라 삼춘은 마루에 누웠고 할매는 "염병, 문디 지랄벵을 한다꼬" 구시렁거리믄서 팅팅 부슨 발목에 연기 쐬고 "아이고 신령님, 아이고 신령님요" 벌건 얼굴이 내도록 땀을 훔치믄서 그래 할배는 독새를 잡는다꼬 온 못을 들쑤시고 댕기고 여름이 끝대로 독이 올라 있었다 원래 간첩이라 켔든가 고개 너머 침쟁이 집이 있었거든 거서 삼춘은 한 달인가 넘기가 게우 독을 뺐다 카데 참말로 죽을 뻔했다

　내 지금 아픈 거 이거는 아무껏도 아인기라

　구불구불 관을 따라 말소리처럼 수액이 떨어진다
　뱀들이 용수철을 푸는 시간,
―　서로 엉켜 미친 듯이 살았다

54

잠실

一

할아버지가 방을 만들고 있었다
총알 박힌 바른 다리 쪽으로 기우는 걸음이
창을 가렸던 책장을 걷어 내고 빛을 가득 들였다
널찍한 자리를 깔고 소반이며 방석들을 놓았다
창마다 쏟아지는 빛 너머로 숲이 빽빽했다
커다란 원목 책상 위에는 어딘가 쓰이고 남은 나무토막들
햇살 속에서 싱싱하고 구수하고 물큰하게 풍기는 것

잠실(蠶室) 냄새였다

할아버지 몰래 들었던 방에서 만져지던 냄새
햇살 쪼개지는 소리, 첫눈 오는 소리
뽕잎을 먹는 순한 이빨들, 맹렬히 매달린 흰 몸들
오디는 내가 먹고 잎을 주겠다고 매일 드나들던 방
내 말캉한 동무들을 살살 쓰다듬고
거기 잠이라도 들고 싶었는데

꿈인 줄 알았다 왠지 문을 열 때부터 두려웠던
낭떠러지 같은 침묵
— 고치들만 우뚝 멈추어 있었다, 새하얀 공포

모두 관에 들었어, 할아버지!

아니다, 눈부신 실을 꺼내 방을 만들었단다, 아가,
그러니 너는 여기, 실 끝을 잘 잡아야 한다

익선아, 양배추식당에서 밥 먹자

양배추식당 간판이 좋아 들어갔는데 양배추 삶은 부드러운 요리가 나오더라 얼마나 맛있게 먹었는지 익선아, 요즘 나는 그런 이름이 좋아 식물가게라든가 그냥 중국집, 빵공장,

우리 어릴 적 놀던 골목골목 익선아, 꿈에서도 나는 그 길을 헤맨단다

아리랑슈퍼 앞 큰길에서 첫 골목 들어서면 금세 두 갈랫길 왼쪽으로 돌아가면 양손에 짐 든 사람 아슬아슬 지나가는 틈샛길 이어지는 계단 뒤로 또 다른 계단 오르고 오르면 난간 아래 보이는 집들, 옥상들, 굽이굽이 계단들, 한 사람씩 드나드는 좁은 문 너머 낮은 천장, 작은 방들 지나 쪽창이 덜컹, 빨래가 펄럭, 티비 소리 왕왕 다시 돌아 그 골목, 마구할멈 집, 한 사람 겨우 쪼그리는 화장실을 바깥에 두었지, 우리가 자주 드나들던 문, 할멈이 쫓아 나올 때마다 함께 소리 지르며 바지를 추어올리던 골목길 아리아리 아라리오 잘도 달아난다

양배추식당에서 양배추 밥 먹고, 익선아, 식물가게에서 푸른 식물 하나 사고 빵공장에서 그냥 빵을 사서 모두 자전거

바구니에 싣고 달리자, 하나의 선으로 달리면 길은 길이
되어 펼치고 바람은 바람으로 불고 나무는 나무로 흔들리
겠지 내 다리는 부지런히 다리가 되자, 익선아, 아리아리
골목길을 펼쳐나 보자

가고파랜드

一　　성실한 단원들은 서커스를 거르지 않았지
　　　부슬부슬 비 오는 날, 하필 그런 날이었어
　　　너덧의 관객은 머리마다 작은 우산을 받쳐 올렸어
　　　긴 그네에 배가 좀 나온 여자가 올라섰고
　　　맞은편 그네엔 땅딸막한 남자가 섰어
　　　스윙, 스윙, 반동으로 크게 반원을 그려
　　　하얀 타이즈들 어느새 거꾸로 매달렸네
　　　여자가 손을 뻗쳐 남자를, 남자를, 남자를 잡아
　　　세상에! 빗방울을 걸친, 헝클어진 파마머리가,
　　　땅딸막한 남자를 잡고 다른 그네로 넘어가는데!
　　　오금 저려 오고, 빗줄기 좀 더 굵어지고, 우산들 들썩거
리고,
　　　다시 스윙, 스윙, 스윙, 하다가!
　　　오늘 서커스는 여기까지래, 비가 오니까
　　　둘러앉은 너덧에게 손수건이 돌려졌어
　　　우리는 한 손으로 우산을 잡고 겨우 오천 원씩을 건넸어
　　　클라이맥스는 종종 예상치 못한 곳으로 흘러가곤 하지
　　　손수건을 손에 쥐고 돝섬을 돌 때는
　　　비루먹은 개가 곁을 주며 안내했어
一　　멈춰 버린 청룡열차 녹슨 회전목마 뽕짝 소리 요란한

그곳을 개처럼 우리는 어슬렁거렸어

숲은 여전히 울창하고

작은 식당은 성실하게 달그락거렸어 따뜻하고, 비가 오
니까

낡은 플라스틱 컵에서 오르는 김이 마법처럼 사라지고
있었어

저쪽엔 서커스 아줌마 아저씨들 시시덕거리고

개는 이미 식탁 옆에 느긋이 엎드렸지

숙자야! 부르는 소리에 개는 벌떡 일어나 그리로 갔어

누가 나를 부르면 나도 그렇게 갈 텐데

그래, 그곳이 바로 가고파랜드

크리스마스섬으로

―
　항구를 낀 작은 도시였다 좌석을 꽉 메운 버스는 곡예처럼 비탈을 올랐다 바다에 맞닿은 벼랑을 구불구불 달렸다 사람들 일제히 오른쪽으로 쏠렸다 왼쪽으로 쏠렸다 바다로 버스가 기울 때 몇 사람 창밖으로 몸을 내밀었다 탄식 같은 환호를 높이 질렀다 길이 굽이칠 때마다 기사는 요주의 인물을 주시하며 소리쳤다 몸이 기우는 쪽으로 온갖 아우성 쏟아지며 넘쳐흘렀다 해변에는 크리스마스섬에 산다는 커다란 게들이 집게발을 높이 들고 떼 지어 다녔다 바닥까지 환한 물속에 집들이 불을 켜고 있었다 아는지 모르는지 사람들은 노래하고 싸우고 잠자고 기타 치며 북새통 속에서 간식을 꺼내 먹었다 빵 부스러기와 과일 껍질들 이따금씩 창밖으로 던져졌다 버스 꽁무니에 갈매기들 하얗게 날고 있었다

　마른 땅을 사흘을 달렸다
　별안간 해바라기밭이 펼쳐졌다 모두 눈부시게 환호했다 해바라기밭을 닷새를 더 지나갔다 멀미 같은 노랑이 짓뭉개졌다

―
　항구를 낀 작은 마을이다 고깃배들 한가로이 쉬고 그물

손질하는 사람들 졸고 있다 우리는 반쯤 감긴 눈으로 희미
하게 웃는다 커다란 붉은 게들 집게발을 흔든다 우리는 크
리스마스섬으로 가고 있다

다시, 종로 네거리

—

당신은 여자지만 남자네요,
종로 한복판에서 그 사람이 나를 알아보았다
낯선 웃음 끝에 익숙한 사투리가 따라붙었다

아이고, 잠도 많으시다,
그 말을 따라갔다
지하 깊숙이 내려가는가 했는데
높은 건물을 오르고 있었다

여덟 개의 층계를 여덟 번 올라가
선조들 옷을 입고 거울 앞에 섰을 때
모르는 조상이 이미 도착해 있었다

낯선 얼굴들 익숙하게 절하는 사이
머리 조아리며 함께 제사 지냈다

조상님, 평안하시옵고, 용서하시옵고,

아홉 개의 계단을 아홉 번 내려왔다, 허둥지둥
깊은 지하를 끝도 없이 관통하는 휑한 뿌리들,

64

사는 동안 여러 차례 종로 네거리에 섰고
대체로 낯선 이의 손에 이끌렸다
거리는 작은 골목까지 온통 허구일진대
돌아오는 발걸음만은
언제나 진실하였다

나는 다시, 돌아왔고
낯선 조상과 함께 돌아왔다

훅

一
깜깜한 너,
까슬까슬한 소리나 후미진 냄새 뒤에 숨어 있다가
슬쩍 열린 틈으로 삽시간에 뛰어들지
짐작이나 했겠니
잔뜩 옹그렸던 몸이 튕기듯 펼쳐지는 일

느닷없이 사월,
이팝꽃 뒤덮여 흰빛이 훅 끼칠 때
너무 부시면 눈앞이 캄캄해지는 일

얼마나 뭉클한지
자꾸 두리번대며 머리 흔들며
부르는 아이, 아이, 아이,

열 때마다 멈칫거리고
닫을 때마다 뒤돌고
웅크린 너 다시 만날까
이팝나무 나무마다 그득한 사월,

―
너는 실제일까, 그리운 고양이야

새까만 밤 노란 눈동자,
무엇을 보니
오늘은 몇 겹이니
너는 몇 번째 현실에 있니

드물고 귀한 것은 캄캄하게 온다

무엇이 우리를 여기로 이끌었을까요
휘황한 아파트 불빛 벽으로 둘러싸인 움푹 꺼진 곳
도시가 갑자기 멈춘, 거대한 검은 구멍
화려한 압구정 거리에서 불현듯 만났던
우리 안의 폐허가 꼭 그랬을 겁니다

미처 알아보지 못한 검은 구멍들 말입니다
환한 방으로 기어든 바퀴를 신문지 뭉치로 때려잡을 때
당신은 폐허 하나를 뭉개 버린 거였지요
비 온 뒤 천변을 걷다 만난 유난히 길고 느린 뱀 한 마리
그토록 생생한 폐허에 나는 얼마나 몸서리쳤던지요

내가 바로 너의 맨살이며 깊은 바닥이며 너의 기반이라고
변명의 기회도 없이 사라져 갑니다

당신과 나는 이제 거대한 폐허 앞에 섰습니다
빗방울 듣는 밤, 불빛 쪽으로만 돌던 발을 거두어 여기
두려운 어둠과 낯선 황막함, 불안한 공허에 떨며 섰습니다
그러거나 말거나
검은 고양이, 또 다른 폐허로 건너갑니다

68

오랜 고요에는 풀이 무성합니다
흔들리는 불빛들 지우며 풀벌레 소리 높아집니다

어릴 적 만났던 깊은 그믐
구멍 하나 없던 밤
발끝에 새로 눈을 만들며 길고 느리게 걸어가던 밤
그 드물고 귀한 어둠이 비로소 보입니다

그러니 우리,
이 폐허 앞에 좀 더 서 있어야겠습니다

제4부

난간 없는 다리를 건너다

장맛비에 잠긴 징검다리 벗은 발로 건너가
높은 다리 걸터앉아 팔랑팔랑 다리 놀려 봐
낮은 다리라면 배 깔고 엎드려 물살 헤적여야지

왜 그렇게 지나가?

건너기 전에 한 번, 다리 가운데서 한 번, 건너고 나서 한 번,
세 번의 키스를
버드나무 둥치에 오래도록 몸 기대고
납작한 돌을 골라 가장 멀리까지 물수제비를 보내
지나치는 빠른 걸음들 하나도 보지 못하고
한껏 목을 젖혀 정지비행하는 매를 고요히 바라보지
자운영 군락에 앉은 그 사람을 어지럽다 하고
난간 같은 건 아주 생각지도 말고
돌아서기 전 마지막 키스를

멀리 잦아드는 당나귀 울음처럼
해는 이미 스러지고 있어

각자무치(角者無齒)

一

아름다운 관을 갖지 못한
우리는 날카로운 이를 가졌지

첫 키스를 기억하니,
부드러운 입술이 닿는가 했는데
딱딱한 이를 만나 깜짝 놀랐던 거
아, 그래, 당신에겐 숨겨 둔 이가 있었지

달콤한 것 뒤에는 푹 찌르는 것
그게 사랑인 줄로만 알고
서로 이빨을 부딪치며 눈이 부어오르던
뾰족한 혀의 시절

키스의 형식은 춤일까, 울음일까,

속임수 같은 입술 지나 사금파리 박힌 벽을 넘어야
말캉한 너를 만날 수 있다는 것

가장 약한 데를 서로 핥으며 노루처럼 순해질 때
이는 사라지고 향기로운 뿔이 솟는다는 사실

一

수백의 가지를 뻗치는
쓸모없는 뿔이 갖고 싶은데
뿔을 만나 겯고 싶은데

자꾸 내 이빨에 혀를 물리네

당신과 나의 광대한 틈이 미세한 것으로 채워지다

— 쉿, 오늘 밤은 틀렸어요

대기가 움직이지 않고 있어요
거리가 너무도 조용해요
사람들은 오가지 않고
커튼 내린 창들은 닫혀 있어요
간혹 조그마한 환기창 틈으로 코를 바짝 대고 바깥을 살펴요

집과 집 사이 딱딱한 공기가 형성되고
공기는 서로 부딪치며 작은 불꽃과 먼지를 만들고 있어요

거리에 광장에 먼지가 차곡차곡 쌓여 오갈 수 없어요
창을 끝까지 올린 자동차들이 도로를 달리고
주변으로 잠시 먼지가 떠올랐다가 다시
천천히 가라앉아요
지구가 한 번 돌 때 먼지는 조금 더 부풀어요

쉿, 먼지는 우리 말을 다 들어요
— 우리가 움직이면 발자국을 기록해 둘 거예요

사람들이 오가던 길이 지워져요
먼지는 영토를 더 확장해요
그나마 환기창도 닫아 버려요

대기권에 거대한 무쇠 구름을 띄운다고
지구 밖으로 향하는 환기통을 만든다고
정부주의자들이 집마다 쇠붙이를 모으고 있어요
쇳조각 자갈거리는 소리가 먼지를 깨우고 있어요

우리는 어떻게 만날 수 있을까요,
아래로 내려가야 해요
더 깊이 아래로, 땅으로, 더운 흙으로

하지만 오늘 밤은 안 돼요, 쉬잇

수몰 지구

너의 마을에서 시작된 바람이 이곳의 사흘을 삼켰고
내 신발에는 모래가 그득해
아무리 들여다보아도 그곳의 암호를 풀 수가 없다

비로소 비가 온다

하늘에서 땅으로 이어지는 수많은 물줄기
먼먼 시간을 통과하며 땅에 닿는 물방울들

숨을 멈추고 반듯하게 공중을 잘라 내면
물방울로 가득 찬 상자 하나 만들어지지
하늘도 땅도 없지만
부터에서 까지 중에,

에서,라는 암호가 든 투명한 상자를 안고
너에게 간다

머리맡에 상자를 두고 누운 밤이면
잘박잘박 자장가를 부르는 물이
너의 귀를 묻고 어느새 깊은 꿈을 적실 텐데

여전히 비가 온다

아이들 함성이 고함으로 바뀌고
지붕에 올라간 소들이 자꾸 울고
상자가 점점 커지는데
너에게 갈 수 있을까,

너의 거기는 아직도 모래바람
부르튼 발이 한 번 더 벗겨지고
폭풍이 이는 상자는 얼마나 무거울까,

비 내리지 않는 마음에 닿으려고 나는,
죽은 줄도 모르고 떠돌고 있지

너머의 너머

　거대한 잿빛 건축물입니다
　돌고 돌아도 높은 벽입니다
　벽에는 작은 창이 나 있어
　너머를 짐작하거나 왜곡할 수 있습니다
　벽 위로 하늘이 드리웁니다
　창 너머 바다가 고입니다
　구름이 왔다 가고 비나 눈이 쏟아지기도 합니다
　하늘 너비를 왜곡하고
　바다색을 짐작하며 자주 골몰합니다

　길고 긴, 길의 기억에 골몰합니다
　사방 거칠 것 없이 곧게 뻗은 길입니다
　길 양쪽에는 커다란 열대 나무 줄지어
　환영하거나 추모하는 몸짓을 합니다
　하늘은 가도 가도 끝이 없습니다
　길옆으로 바다가 끓었다 식으며 적도의 구름을 만듭니다
　당신은 옅은 콧노래를 흥얼거렸고
　나는 창으로 들이치는 바람을 얼굴에 새겼습니다
　길 끝이 하늘과 닿고 아직도 바다와 닿아서
　찰나마다 아름답습니다

아름다움이 너무 커 서러워집니다

설움은 높은 벽 앞에서 커집니다
얼어붙은 바다가 풀리기를 기다리며
벽 너머 서 있을 당신을
불러 봅니다
길 너머의 너머를 걷고 있을 당신
대답이
내 안에서 피어나길 기다립니다

얼굴 없는 안녕

一   어두워 가는 하늘을 오려 내면 달이 나왔다
       줄지어 선 집들이 드문드문 창을 오려 냈다

       바람이 잦아들면 길을 나섰다
       몸이 점점 납작해져 팔랑거렸다
       의사는 빨간 알약과 사흘분의 잠을 처방했다

       투명한 공기막을 뚫으며 나아갔다
       한 겹 밀치면 또 한 겹 막아섰다
       알약이 주머니에서 달그락거렸다

       네가 보낸 '안녕'은 두께가 없어서
       안부인지 이별인지 알 수 없었다

       그리운 얼굴은 저 달의 뒷장에 있다

       셔츠를 오려 어깨에 걸고 두께 없이 걸었다
       파리한 모자가 자꾸 흘러내렸다

—   바스락거리는 몸이 풍경에서 흘러내린다

표정을 도려낸 얼굴들이 뒤를 돌아본다

돌림노래[*]

　안으로 들어갈 수 없다(들어갈 수 없다) 안은 언제나 바깥이 된다(바깥이 된다) 사과를 껍질째 아작아작 베어 먹었더니 안이 차츰 사라졌다 속을 다 들여다봤더니 너는 빈껍데기가 되었다 아무리 열심히 말해도 귓가에서 왱왱 내 귀는 소라 껍데기 십 년이 넘도록 안에 있다고 믿었다 이곳은 안이 아니다 그 안이 어뗘냐고 물었다 내 입은 소라 껍데기 헛물만 켰다 안이라고 생각했던 모든 것은 안이 아니다(안이 아니라고) 그러므로 바깥은 없다(바깥은 없다고) 아무도 안으로 들어갈 수 없기에 바깥으로 나올 수가 없다(정말 그래야만 했니?) 바깥은 아까부터 바깥에 버려졌다 모두는 결국 안에 갇혀 버린다(갇혀 버린다) 뱅뱅.

---

[*]두 사람이 함께 부르시오. 첫 번째 사람이 첫 번째 문장을 마쳤을 때, 두 번째 사람이 첫 번째 문장부터 시작하시오. 첫 번째 문장이 어디까지인지는 두 사람의 합의로 정하시오. 합의가 안 되는 경우를 주의하시오.

오존주의보

오래된 도시가 분명하다 큰길가로 화려한 상점 즐비하지만 한 블록만 들어가도 연립주택 단독주택 사이로 골목이 걸어간다 좁은 빈터마다 옛날식 화단이 엎드리고 분꽃 호박 덩굴 사이로 휙, 빠르게 지나가는 흰 고양이, 철조망 올린 담장 지나 공원으로 통할 법한 길을 따라가면 어김없이 막다른 골목이 돌아 나온다 시청 건물이 빤히 보이는데도 담이 솟아오른다 배배 꼬인 계단은 결국 공중화장실로 들어가고, 녹슨 대문 위 가늘게 눈뜬 하얀 고양이, 아주 길을 잃고 싶어 좁은 골목을 골라 걸어도 기어이 광장에 닿고야 말던 옛 도시는 지하에 묻혔다 식민지의 테라스마다 새로 빨아 내걸던 기억을 지우느라 끈질기게 공사 중이다 투덜거리며 걸어가던 K들 싱크홀에 빠진다, 길은 텅 빈 호주머니, 뼈가 으스러진 새빨간 새, 아니 고양이, 오후 세 시의 뙤약볕이 정수리에 꽂힐 때 나를 에워싸는 또 다른 무엇이, 있다 드라이아이스보다 빠르게 사라져, 처음부터 있지도 않았던 것이, 있다 정체를 알 수 없는 검은 자동차 연거푸 세 대 지나가고 나는 구역질을 시작한다 나를 마주 보며 잎이 말라 가는 비비추도 보랏빛 토악질을 한다

손

푸른 손 하나 주방 서랍에 끼어 있다
풍요로운 저녁 식사는 끝났고
접시도 음식도 원소로 돌아갔는데
남은 것이 있다는 듯
들지도 나지도 않고, 파리하게 끼어 있다

언젠가 들어볼 것들이 서랍에 있었다
늦은 밤 서랍에서 소리가 날 때면 다음에, 중얼거렸다

손은 걸어서 주방을 누비고 거실을 서성이다 침실로 기어
들었다
가끔 가렵던 것이 따끔거리고 부어올랐다
긁다가 쓰라리고 피가 흐르다 고름이 넘쳤다
이불과 바닥과 신발을 살폈다, 철벅거리며
옷과 양말과 쓰레기를 뒤졌다, 목이 꺾이며
보이지 않는 몸의 파편들, 푸르스름한 발자국들

서랍이 끓어오르고 있었다
먹다 남긴 도끼, 호기심으로 들였던 꼬리, 그물에 뒤엉킨
뿔, 신문 귀퉁이 새로운 의자, 색색의 기름진 갈퀴들,

썩어 가는 냄새를 맡고 벽을 타고 온 코들
온몸이 끈적이는 코뿐인 변이 원소들이, 손이 되고 있었다

완전히 잊었을 때 시퍼런 손이 서랍에 끼어 있다

산 79-1번지

―

벌거벗은 채 기울어 가는 늙은 집
무성한 풀숲 가운데 남은
허물어지는
기침 같은

벽에서 목소리가 들렸다 할머니와 할머니들 엄마와 엄마들이 그리로 들어갔다 벽은 두꺼워지고 단단해졌다 구름의 다음 날 벽에서 식물이 자라 나왔다 가는 줄기와 가는 줄기 같은 잎이 깊은 허공을 더듬었다 햇살 맺힐 때마다 줄기에서 뿌리 돋아나고 십 년 만에 피어난 꽃 병든 열망처럼 내내 시들지 않았다 벽은 더 견고해지고 다시 식물은 번창하였으므로, 벽에는 균열이 생기기 시작했다

뿌리 끝에 동그랗게 웅크린 쥐며느리들 빛을 보고 고물고물 몸을 펼쳤다 수많은 다리가 밖으로 기어 나왔다 새까만 쥐며느리 떼 풀려 흘러간 뒤, 벽은 무너져 내렸다 식물은 더 질겨서 벽이 없는 허공을 한참 서 있었다 느리게 흘러갔다 원래 벽이 있었는지 아무도 알지 못했다 때로 허공에서 소리가 들렸다

―

흙을 파면 어디든 쥐며느리가 있다

파지 할머니의 신춘문예 당선기

ㅡ 　신화처럼 달이 밝던 날, 파지 줍던 할머니는 구겨진 시를 발견한다 재활용의 귀재였던 할머니는 시를 재활용하는 기술을 익힌다 버려진 열 줄에 한 줄 인생 관록이 버무려져 새롭게 탄생된 시들

　모 일간지 신춘문예 공모전에 떡하니 당선된 할머니!
　'현실의 한탸', '이 땅의 부코스키' 목소리들은 너도나도 칠십 대 파지 줍는 할머니의 시성(詩聖)을 높이 떠든다 "달 밝은 밤이면 쓰레기 더미에 앉아 시를 건졌지" 찬란한 수식들과 함께 시의 전설이 된 말 덕분에 수많은 달과 파지들이 속속 배달되었다 할머니는 밤새 파지들을 펼쳐 읽고 읽고 읽다가 고지식한 도매업계와는 동떨어진, 생활과 파격의 전설적 시인이 되어 버렸다

　시를 구겨 방구석으로 내팽개친다 읽다 만 일간지, 세금 영수증, 낙서 뭉치들 나뒹군다 새롭게, 더 새롭게,를 외치던 시가 새로운 쓰레기가 되는 찰나

　나는 오늘도 방구석에 틀어박혀 시에 코 풀고 시에 침 흘린다 시 쓴답시고 쓰레기를 양산하는 나와 쓰레기로 진짜

시를 쓰는 늙은 눈이 있다 쓰레기에는 언제나 파리, 바퀴,
심지어 쥐가 드나든다 할머니의 득세는 흑사병 시기부터
이어져 오고 있다

토끼가 사라진 정원

중정에 토끼가 있다는 말을 들었다 나무 몇 그루와 물결치는 지붕, 풀들 위로 흘러내리는 의자도 있으니 충분히 살 만했다 건물 사람들 대부분이 토끼의 존재를 알게 되자 '토끼단' 동호회가 만들어졌다 토끼가 먹을 채소나 사료를 정원 곳곳에 두고 관리했다 대청소 때는 하얀 토끼가 그려진 조끼를 입고 둘씩 짝지어 움직였는데 비장함마저 감도는 얼굴을 했다 토끼가 온 후로 마른 건물에 생기가 돌았다 너도나도 토끼 이야기로 대화를 시작했고 토끼를 영접하고 싶어 했다 나도 짐을 잔뜩 들고 중정을 건너며 토끼 귀인지, 꼬리인지를 본 것 같기도 했다 누군가는 두 마리를 보았다 했고 다른 이는 세 마리라고 했다 겨울이 오기 전부터 토끼 귀 모자가 유행했고 아이들이 태어나면 토끼 같다고 말했다 크리스마스이브엔 건물 사람들이 모여 중정에 트리를 꾸몄다

추위가 매서워졌고 사람들은 난방비며 겨울 옷가지들에 정신을 쏟았다 중정에 나와 볕을 쬐는 사람들도 점점 줄었다 먹을 것이 부족해져 마른 고양이들은 서로 싸움을 벌이기도 했다 날이 꽤 풀린 어느 날, 중정에 둔 먹이가 줄지 않는다고 토끼단이 걱정을 전했다 정원 구석구석 구멍이

있어서 토끼는 굴속에 있을 거라고 다들 대수롭지 않게 생각했다 하지만 고양이들을 수상히 여기는 사람도 있었고 과도한 육식주의자나, 오히려 병약한 사람을 은근히 떠보는 이도 있었다 몇몇 사람들은 토끼단의 불성실이 문제라고 했다 다시 며칠이 지나도 토끼를 본 사람이 없었다 그때부터 어처구니없는 일을 겪으면 토끼가 사라진 것 같다고 말했다

 동호회는 '토끼수색단'으로 이름을 바꾸었다 마음 여린 사람들은 동호회를 탈퇴했고 호기심 많은 사람들이 새로 가입했다 그들이 틈날 때마다 중정을 들쑤시고 다니는 바람에 의심스러운 구멍들은 모두 들추어졌다 어떤 구멍에는 죽은 쥐가 있었고 어떤 구멍에서는 금반지, 심지어 돈이 나왔다고 했다 그 뒤로 동호회 회원이 훌쩍 늘었다 흘러내리는 의자를 차지하던 고양이들은 낮잠을 설치며 메말라 갔다 겨우내 얼었던 땅은 물결치는 지붕과 닮아 갔다 사람들은 게으름뱅이를 나무랄 때 땅도 파지 않는 인간이라고 말했다 시속 일 킬로미터씩 봄이 오고 있었다 땅파기도 시들해진 동호회는 어느새 '고양이단'으로 바뀌어 있었다

—

　　고양이들은 토실토실 살이 쪘다 꽃샘추위가 온 날, 반투
명 지붕을 통과하며 햇살이 찰랑거렸다 중정에는 토끼 꼬
리 같은 목련 봉오리가 부풀고 있었다

—

손끝에서 펼쳐지는, 폐허의 주름

차성연(문학평론가)

지난가을 시인과 함께 재개발 지역의 폐허 앞에 서 있었다. 그곳에서 밥을 짓고, 악다구니를 쓰고, 죽음을 기다렸던 많은 삶들은 어딘가 다른 곳에 있을 것이다. 하지만 그 삶에서 각질처럼 떨어져 나온, 삶의 이동을 미처 따라가지 못한 것들이 그곳에 남아 폐허를 이루고 있었다. 이소회 시인은 폐허의 '주름'을 펼쳐 거기에 숨어 있던 것들을 가만히 들여다보았다. 그러자 그것들은 '몸을 부풀리며' 어제의 일들을 은밀하게, 때로는 소란스럽게 쏟아 냈다. 그 중얼거림과 변신의 언어들이 이소회 시인의 첫 시집 『오오』에 담겨 있다.

1. 내재성의 존재론
이소회 시인에게 세상 만물은 '씨앗'과 같은 형태로 웅크리고 있는 듯하다. 사물이나 생명체 모두 그것의 본질이라 할 만한 것들을 내부 깊숙이 응축하고 있으며 내재된 그것들은 틈만 나면 불거져 나와 피어나고 부풀고 떠오른다. 하여 『오오』에는 피어나고 부풀고 떠오르는 것들로 가득하다. 그것들은 금세 다시 사그라들고 숨어 버리기도 하지만 사라지는 건 아니다. 오히려 언제든 '발견'되기를 기다리며 비어져 나와 흔적을 남긴다. 씨앗들 속에는 "많은 낮과 밤"이 담겨 있고 "지나간 것은 모두 사라진 것이 아니어서" 아침 책상에는 "폭설이 쏟아"지거나 "커다란 모감주나무가 자라"나게 되는 것이다. "뚜껑을 꼭꼭 잠그지 않으면/아침 책상에 무슨 일을 벌일지" 모르는 그것들은, 시인의 눈앞에 유독 자주 출몰한다.(「모감주 씨앗」) 언제든 '발견'할 준비가 되어 있는 시인은 때때로 손을 뻗어 그것들의 주름을 펼친다.

남은 것들은 가 버린 것을 그려 보게 하지 빈집을 둘러보면 살던 사람들 보폭이 보이고 아이들 얼굴 가만 들여다보면 멀리 떠나간 그 아버지가 보이는 것처럼

너의 보드라운 몸뚱이는 얼마나 가벼운지 바닥에 그득한 하얀 다리들 누렇게 바래 갈 때 네 몸은 푸르게 푸르게 하늘 향해 부풀겠지, 처처에 없지만 꽉 찬, 몸들

　　　　　　　　　　　　　—「없는 몸이 부풀어 오르는」 부분

시인에게 빈집이나 폐허, 적막은 아무것도 남지 않은 곳, 아무 소리도 들리지 않은 상태가 아니다. "기울어 가는 늙은 집"에는 목소리가 들리는 벽이 있고(「산 79-1번지」), "TV 소

리 공허하게 커질 때" 오히려 적막은 그 존재를 '부풀린다'(「적막을 업고」). 보이지 않게 주름 접혀 있던 것들은 모습을 바꾸어 곳곳에 출몰한다. 이팝나무이거나(「혹」) 민들레이거나(「민들레의 바깥」) 혹은 돼지가 되어 눈앞의 "푸른 트럭"에 실려 있다(「꽃잎」).

이는 라이프니츠에서 들뢰즈에 이르는 모나드(monad)와 주름(fold) 사유의 맥락을 시화(詩化)한 것처럼 보이기도 한다. 순수 내재성으로서의 '생명'은 '접기'와 '펼치기'의 주름 운동을 반복하며 세계와 접속한다. 이 과정에서 '시간성' 또한 주름 잡힌다. '과거-현재-미래'는 직선적으로 흘러가는 것이 아니라 주름 잡혀 맞닿아 있으며 그 자체로 내부성을 구성한다. "사월에 내리는 눈"이 "눈의 뿌리"가 되어 첫눈이 올 시기의 눈사람으로 "도착"하듯(「봄 눈사람」), 『오오』의 시에서 어제의 것이 내일이 되어 다가오는 일은 자연스럽다. 세상 만물이 품고 있는 '씨앗' 안에는 시간이 응축되어 있어 탄생도 있고 죽음도 있다. 그 둘은 다른 것이 아니어서 누에고치는 관이기도 하고 방이기도 하며(「잠실」), "말랑한 생활"로 살뜰하게 채워진 "율가"는 "죽음"으로 "완성된다". "강철 같은 가시"를 두른 출구 없는 문, "단단한 문"을 지닌 율가는, 들뢰즈의 '창 없는 방(monad)'을 떠오르게 한다. "참 잘 익은 삶"과 씨앗과 죽음이 함께 깃든 '알밤'은 그 자체로 충만한 내재성으로서의 '생명'이다.(「율가」)

하지만 들뢰즈의 '주름' 개념이 무한한 변화와 생성의 계기로 작용하는 것과 달리 이소회 시인의 '주름'은 잊었던 것들의 중얼거림, 비가시적인 것들의 현현으로 펼쳐진다. 물론 목소리의 발현 자체가 변화와 생성의 계기일 수 있으나, 시인이 보기에 너무나 꽉 막혀 억눌린 이 세계에서 변화와 생성은 매우 미세한 '진동'일 뿐 여간해선 드러나지 않는다. "올라탄 것이 무엇인지 모를 때가 많다. 도대체 고삐만 보일 때도 있다."(「On board」) 하여 시인의 세계는 고요하다. 모습을 바꾼 대상-이미지들의 잦은 출몰과 그 숱한 중얼거림에도 불구하고 정적(靜的)으로 가라앉아 있다.

집게발을 높이 든 "커다란 게들"과 "노래하고 싸우고 잠자고 기타 치며 북새통"을 만드는 사람들이 곡예처럼 비탈길을 올라도(「크리스마스섬으로」), 반동을 크게 그리며 "스윙, 스윙" 긴 그네를 옮겨 잡는 서커스에 "오금" 저리면서도(「가고 파랜드」), 시에 그려진 세계는 고요하다. 「토끼가 사라진 정원」에서 알 수 있듯, 닫힌 세계에서 일어나는 변화는 내부의 '소동'에 불과할 뿐 결국 아무 일도 일어나지 않은 것이나 마찬가지다. "중정에 토끼가 있다는 말"이 무성하자 '토끼단' 동호회가 결성되고 토끼가 보이지 않으면 '토끼수색단'이나 '고양이단'으로 그 이름이 슬그머니 바뀌는 것처럼, 이 세계의 사건은 금세 가라앉을 잠깐의 소동에 불과한 것이다. 이름만 바뀌는 동호회에 가입하며 중정을 들쑤시고 소문을 만드는 사람들은 결코 '정원' 바깥으로 나가지 '않는다/못한다'. 닫힌 세계는 북새통이 끊이지 않음에도 불구하고 고요하게 가라앉아 있다.

그리하여 이소회 시인의 시를 읽는 일은 독특하고 다양

한 문양이 새겨진 파사드를 지나 정적인 사원에 들어서는 일이며 그 내부의 고요함을 느끼는 일이 된다. 파사드에 새겨진 문양들은『오오』의 시에서 모습을 바꾼 꽃잎과 토끼와 돼지들이며 비가시적인 것들의 중얼거림이다. 그 목소리를 귀담아듣는 것, 대상의 현현을 소중히 눈에 담는 것이 시인에게 주어진 소명인 듯 이소회 시인은 포착된 소리와 형상을 충실하게 시에 담아내고 있다. 하여 그 시를 읽는 독자는 파사드의 미학과 고요함 속의 사유를 헤아리게 된다.

2. '내' 안에 있는 대답

『오오』의 '나'들은 민감한 관찰자이다. 섬세하고 예민하게 모든 기미들을 포착하고 흔적을 놓치지 않는다. 그렇다고 시인이 관찰하고 발견하는 자이기만 한 것은 아니다. 시인이 관찰하고 발견하는 것은 곧 시인 자신이기도 하며, 발견하고 발견되는 주체와 타자로서 서로의 '조건'으로 기능한다.

「저녁이 멀다」의 '나'는 양배추를 한 겹 한 겹 벗기며 양배추의 본질에 다가가고자 한다. 이 과정은 곧 '시 쓰기(詩作)'에 비유되는데, '나'는 그것이 "양배추를 향한 산책이나 순례"가 되어서는 안 된다고 말한다. 산책이나 순례는 외부적 환경을 구경("스케치")하는 것이지 구경(究竟)의 길이 될 수 없기 때문이다. '나'는 양배추가 '씨앗'의 형태로 품고 있는 양배추의 본질과 접속하길 원한다. 접속으로서의 구경은 내부 가장 깊은 곳을 파헤치고 발굴하는 방식이 아니다. 양배추의 주름을 펼쳐 '안'이 '바깥'이 되는 형식으로서 만날 수 있는 것이 양배추의 본질이다. 하여 양배추의 본질은 시든 '겉' 껍질의 "검은 반점"에 있다.

양배추 시든 껍질을 벗긴다. 속잎에 검은 반점들이 있다. 칼로 도려내고 한 겹 벗긴다. 또 검은 점들이 있다. 반복한다. 점들은 겉부터 시들어 가고 있다는 표식이 아니었던가. 반복에 반복을 더해도 반점의 등장은 끝이 없다. 양배추는 양파처럼 단순하지 않다. 길들은 구불거리고 나는 헤맨다. 허방을 짚다가 다시 점들을 발견한다. 쫓다 놓치다 뒤지다 어질머리. 이것은 양배추의 본질이다. 어느 작가는 양배추 사러 가는 길을 작품으로 만들었다. 양배추에 이르는 길들을 통과하고 실패하며 깊숙이 스케치하기. 그것은 양배추의 본질이 아니다. 양배추를 향한 산책이나 순례다. 양배추의 환경이다. 이 행위는 그것과 다르다. 양배추 내부로 향한다. (중략) 양배추는 이런 방식으로 내 안에 길을 낸다. 양배추 의도대로 끌려가는 건지도 모른다. 확실한 것은 여기 있는 양배추 한 통. 처음엔 제법 둥근 모양이었다. 지금은 수많은 길을 풀어헤치며 한껏 꼬아 놓았다. (어쩌면 나는 양배추의 본질에서 벗어나고 있다.) 누군가 폭발한 부엌을 보며 소리 지르기 전까지 나는 길을 헤맨다. 오늘 저녁은 글렀다는 뜻이다. (그러나 아무도 오지 않을지도 모른다.)

—「저녁이 멀다」 부분

주름은 무한으로 펼쳐질 수 있는 것이어서 "반복에 반복을 더해도 반점의 등장은 끝이 없"을 수밖에 없다. 주목할 점은 양배추의 주름을 반복해서 펼쳐 나가는 과정을 통해 양배추가 "내 안에 길을 낸다"는 것이다. 저녁은 멀고 "아무도 오지 않을지도" 모르지만, 부엌이 폭발하도록 양배추의 껍질을 계속해서 벗길 수밖에 없는 것은, 이 과정을 "충분히 밀고 나갈 수" 있게 함으로써 '나'와 양배추가 존재할 수 있으며 접속할 수 있기 때문이다.

　시인은 세상 만물과 접속함으로써 '나'를 들여다보고자 한다. 내재성의 존재들은 호환 가능한 본질을 공유하고 있으므로 대상을 발견하는 것은 곧 '나'를 발견하는 일이 된다. '나'에게서 떨어져 나온, '나'의 '안'이기도 하고 '밖'이기도 한 '나'의 비체(卑體, abjection)는 곳곳에서 출몰한다. 때로는 "눈먼 동굴 물고기"의 형상으로(「눈먼 동굴 물고기」) 때로는 "바퀴"이거나 "길고 느린 뱀 한 마리"로 나타나는 그것은 "미처 알아보지 못한 검은 구멍들"이며 '나/너'의 "맨살"이자 "깊은 바닥"이며 "기반"이다.

　　미처 알아보지 못한 검은 구멍들 말입니다
　　환한 방으로 기어든 바퀴를 신문지 뭉치로 때려잡을 때
　　당신은 폐허 하나를 뭉개 버린 거였지요
　　비 온 뒤 천변을 걷다 만난 유난히 길고 느린 뱀 한 마리
　　그토록 생생한 폐허에 나는 얼마나 몸서리쳤던지요

내가 바로 너의 맨살이며 깊은 바닥이며 너의 기반이라고

변명의 기회도 없이 사라져 갑니다

　　　　　　　—「드물고 귀한 것은 캄캄하게 온다」 부분

　한때 '나'의 일부였던 것들은 언제인지 모르게 떨어져 나와 '낯선 나'를 보여 준다. '내'가 외면하고 싶었고 잊고 싶었으며 마주하고 싶지 않았던 '낯선 나'의 모습을 "환한 방으로 기어든 바퀴"에게서 발견하는 것이다. 정돈과 성실과 속도를 요구하는 닫힌 세계에서 '나'로 살아가기 위해 버려야 했던 것, 느리고 머뭇거리고 흐트러진 '나'의 본질, 꾹꾹 눌러 왔던 혐오스럽기까지 한 '나'의 비천한 모습이 "유난히 길고 느린 뱀 한 마리"에 담겨 있다. 시인은 그런 '나'를 계속 들여다보고자 한다. "그러니 우리,/이 폐허 앞에 좀 더 서 있어야겠습니다"라고 말하며 자신의 비체와 직면하길 멈추지 않는다. 시인이 대상의 주름을 펼쳐 '안'과 '밖'을 들여다보고 그 중얼거림을 들을 수 있는 능력은 여기에서 나온다.

　하지만 섬세하고 민감한 관찰 능력자에게도 접속은 쉽지 않은 일이다. 교섭은 자주 실패하기 마련이어서 "모두는 결국 안에 갇혀" 버리거나(「돌림노래」) "나를 보는 눈"은 깊은 정적 속에서 결국 "나를 보는 것이 아니"었던 일이 되기도 한다(「눈먼 동굴 물고기」). 그럼에도 불구하고 시인은 대상과의 접속을 통해 계속해서 '나'를 들여다봄으로써 "대답이/내 안에서 피어나길" 원한다(「너머의 너머」). 앞에서 살펴보았

듯, 세계는 닫혀 있고 대상은 '나'의 '밖/안'이므로 '나'의 '너머의 너머'는 '나'의 '안/밖'이 된다. 대답은 '나'의 바깥에도 있을 수 있지만 시인은 그것이 "내 안에서 피어나길" 원하는 것이다.

이처럼 이소회 시인이 '나'의 '안'을 들여다보는 방식은 기억의 시원을 찾아 떠나는 여느 시인들의 시작(詩作)과 차별화된다. 물론 이소회 시인에게도 기억은 소중하다. 「수야리, 여름의 집」과 「수야리, 겨울의 집」 등 일련의 '수야리' 연작들에는 '나'의 옛 기억들이 서정적으로 형상화되어 있다. 그러나 그것이 아름답기만 한, 그리움과 희원의 대상인 것은 아니다. 이따금 시적 화자를 일깨워 그 꿈에서 "나비 두 마리" "무게도 없이 손끝에 앉는" 순간(「수야리, 겨울의 집」), 그 "손가락 끝이 간질"거릴 때(「수야리, 여름의 집」) 시가 쓰이어질 뿐이다. '나'는 기억 속에서도 "새하얀 공포"를 느끼며 기억에 안주하지 않으려 한다. "실 끝을 잘 잡아야 한다"는 할아버지의 전언은, 아리아드네의 실처럼, 기억에서 빠져나와 현실에 서 있을 수 있는 통로가 된다.(「잠실」)

시인은 대상의 중얼거림이 만들어 내는 환상적 이미지의 세계를 주조하는 데에 익숙하지만, 그런 낯선 목소리들의 발화가 현실의 불안과 고통을 가리키고 있음을 잊지 않는다. "도처에/굶어 죽은 가엾은 영혼"이 보이고(「물고기 살해자」) "당신이 나가 버린 문이 소리 없이 사라"지는(「메리고라운드」) 세계에서 예민하게 감각하고 충실하게 사유하며 시를 써 나간다. 파사드의 미학은 '나'의 내부로 들어서는 통로이자

'나'의 안에서도 들리는(들을 수밖에 없는) 바깥의 목소리에 대한 응답인 것이다. 하여 '내' 안에서 피어나는 대답은 내면에의 침잠을 가리키지 않고 '살아가기'의 균형을 가리키게 된다.

3. 살아가기, 접속과 균형의 '순간'

현실을 살아가는 시인의 태도는 균형을 유지하며 자전거를 타는 일과 같다. 페달을 밟으며 계속 나아가야 쓰러지지 않을 수 있듯이, 시인은 계속 씀으로써 균형을 잃지 않고(혹은 쓰러지지 않고) 살아갈 수 있다. '나'의 내부를 들여다보는 일과 대상의 목소리를 듣는 일, 일상을 영위하는 일과 환영을 마주하는 일, 기억과 현실 사이에서 시인이 할 수 있는 일은 '쓰는 것'이다. 하여 시를 쓰는 손은 "주방 서랍에 끼어" 있고, 시인의 다리는 자전거를 타며 골목길을 펼친다.

> 푸른 손 하나 주방 서랍에 끼어 있다
> 풍요로운 저녁 식사는 끝났고
> 접시도 음식도 원소로 돌아갔는데
> 남은 것이 있다는 듯
> 들지도 나지도 않고, 파리하게 끼어 있다
>
> 언젠가 들어볼 것들이 서랍에 있었다
> 늦은 밤 서랍에서 소리가 날 때면 다음에, 중얼거렸다
> —「손」 부분

양배추식당에서 양배추 밥 먹고, 익선아, 식물가게에서 푸른 식물 하나 사고 빵공장에서 그냥 빵을 사서 모두 자전거 바구니에 싣고 달리자, 하나의 선으로 달리면 길은 길이 되어 펼치고 바람은 바람으로 불고 나무는 나무로 흔들리겠지 내 다리는 부지런히 다리가 되자, 익선아, 아리아리 골목길을 펼쳐나 보자

　　　　　　　　　　　　　　　―「익선아, 양배추식당에서 밥 먹자」 부분

「손」과 「익선아, 양배추식당에서 밥 먹자」는 시인의 신체가 어떻게 시를 만들어 내는지를 잘 보여 준다. 일상의 손은 "풍요로운 저녁 식사"를 끝냈지만, 시를 쓰는 손은 서랍에서 들려오는 소리를 외면하지 못한다. 서랍에는 "언젠가 들어볼 것들"이 있고 그것들의 목소리로 "서랍이 끓어오르고 있"으므로 '손'은 그 목소리에 응답하듯 시를 쓸 수밖에 없다. 시인의 '다리'는 자전거 페달을 밟으며 "부지런히 다리"가 되고자 한다. '씨앗'이 발아하듯 내재된 것들이 부지런히 주름을 펼칠 때 바람은 바람이 되고 나무는 나무가 될 것이다. 시는 '쓰기'를 통해 시가 되며, 시가 쓰이어짐으로써 길은 길이 된다. 더불어 '나'는 '나'로서 살아갈 수 있을 것이다.

　균형이 찾아오는 순간은 드물다. '나'의 손이 손의 일을, '나'의 다리가 다리의 일을 할 때 '내' 안의 '씨앗'이 움틀 수 있듯, 세상의 모든 존재가 저마다의 '씨앗'을 발아하며 접속하는 순간 찰나의 균형이 발생하기 때문이다. 시인은

'새'의 형상에서 그 균형의 순간을 포착하곤 한다. 예컨대 "소원탑" 위에 "방금 새로 놓인 돌"이 꼭대기에서 "까닥, 까닥" 균형을 잡고 있는 순간은 시인의 눈에 "딱새"의 형상으로 포착된다(「눈뜬 돌」). 새가 공중에 떠 있을 수 있는 것은 새의 각 기관들이 이루는 균형과 더불어 새를 감싸는 공기의 흐름이 새를 떠받치고 있어야 가능한 일이다. 마찬가지로 잎이 피거나 꽃이 질 때, 즉 세계가 펼침의 수행을 받아들이고 그것을 떠받칠 수 있을 때, 동시에 연결된 다른 존재에게로 그 수행이 이행될 수 있을 때 찰나의 균형이 찾아온다.

금 하나 내지 않고 하늘 깊이 다이빙하는 새

날개는 접은 채

나뭇가지에 거꾸로 매달려 열매 따 먹는 새

잎이 피는 때,
꽃이 지는 때, 흐르는 숨소리
흐르는 균형
—「물구나무새 호흡법」 부분

「물구나무새 호흡법」에 포착된 이 고요의 순간은, 나무에 잎과 꽃과 열매가 매달리듯 새가 그 일부처럼 매달려 접속하고 있는 찰나이다. 새들이 "중력 끌어안으며" 내려 앉거나 날개를 펼치며 날아갈 때, 바람이 휘몰아치고 "나무뿌리"가 흔들리며 나아가 "숲의 뿌리"까지 흔들리게 되는 것은, 내재성의 '씨앗'이 서로 접속함으로써 존재를 뒤흔들어 놓았기 때문이다. 찰나의 접속은 존재에게 흔적을 남긴다. 무수한 흔적들을 차곡차곡 쌓아 가기 위해, 그럼으로써 깊어진 '나'로 살아가기 위해 시인은 '살아가기'의 균형을 유지하며 접속의 순간을 기다린다. "당신과 나란한 순간", "긴 어긋남을 돌아와 시간의 눈을 가리고/사진 속에 고요할 때 우리/바로 그때,/오 오"의 순간을(『오오』).

이소회 시인의 시는 '머리'이거나 '가슴'이 아니라 '손끝'에서 피어난다. 존재론적 사유와 접속에의 열망이 깊이를 더해 차고 넘칠 때, 내부의 이야기가 손끝을 간지럽힐 때, 손을 뻗어 대상의 주름을 펼칠 때, '사이'에 낀 손이 파랗게 질리지 않도록 시인은 시를 쏟아 낸다. 쏟아진 언어가 때론 대답을 들려주고 때론 문을 열어 주기도 할 것이다. 그러니, 앞으로도 좀 더 시인과 함께 폐허 앞에 서 있을 수 있기를, "머리를 한껏 젖히고 별을" 바라볼 수 있기를(『오오』), 서로가 서로의 양분이 되어 내재성의 언어를 쏟아 낼 수 있기를 소망한다.